KB176736

바
람
이

부
는

쪽

〜

오비올프레스

시
인
의
말

〜

함께했던 사람들과의 소소한 일상들이 좋은 기억으로 남기를,

그때그때 필요한 시간이었음을,

뜻밖의 시집을 내면서,

봄을 맞이하면서.

2부

3부

1부

꿈

오래된 기와지붕에 봄이 찾아와
고목나무에 꽃들이 만개하고
마당가득 꽃잎이 쌓이고
아버지 무릎이 너무나 편안해
계집아이는 꿈을 꾸는 중입니다

삼천포행

흐린 풍경 삼천포로 빠지니
오후를 어깨에 메고 떠날까
바람이 부는 쪽으로
내가 피고 지니
가랑비처럼 가볍게
지금이 좋다
어제는 지나가고
내일은 아직 안 왔으니
아직 건너지 못한 대교를 건너
바다를 만나면 행복하겠네

칠월 오후

누가 치웠나 구름 한 점 없는 하늘

기다란 의자에 누워
고래고래 목청 높이며
제목도 모르는 노래를 흥얼거린다

골목마다 허기를 뿌려놓고
남의 집 담벼락에 기대
항상 누군가 기다렸다

속마음도 모르고 취해
철없이 받아둔 잔들
당신은 아직 오지 않았는데

아무도 돌보지 않는 여름
아무도 받지 않는 조난 신호
대문 밖은 부추 꽃밭이다

끝나지 않은 일정

밤나무 우물가 집
어둠 고인 부엌
없는 살림 대신 앉아
엄마를 기다린다

손수레 하나도 못 채우는 이사
사과 궤짝 찬장
아침에도 별말 없다
학교에서 돌아오면 떠나던 길

대신 엄마가 되고
아이들이 떠나고
남편이 아직 돌아오지 않은 저녁
아직도 누군가 등 떠미는 것 같아
주섬주섬 짐을 싼다

그늘

영월 관풍헌 은행나무
꽃피는 걸 보지 못한 은행나무
담장 안의 은행나무
언제나 흐느끼는 은행나무
가을이면 금빛 이불 깔고
어린 왕이 누워 있는
저 환한 그늘
나도 한숨 자고 깨면
더러는 다 낯선 처음이었으면
목청 좋은 까마귀 울고
은행나무를 바라보는 은행나무

또 봄날이다

문틈으로 떨어지는 물소리
법당 밖이 맑다
부처님이 웃는다

나른한 봄을 느끼는 파리
이놈을 잡기란 아주 쉬운 일
날갯짓 한지도 오래다
부처님이 내준 설탕 같은 절밥
파리의 탱탱한 엉덩이가 볼만하다
또 봄날이다

남편

매일 같은 시간
소리 없이 들어온다
비릿한 땀냄새
꼬깃꼬깃한 하루
맞벌이 이십 년에
아이들은 다 컸고
개수통에 빠진 저녁이
소주 냄새 풍기는 시간
가뭄에 내리는 소낙비
혼자 깨어
코골이를 듣는다
또 하루가 간다

휴가

불 꺼진 방에서 촛불을 켜고
혼자만의 시간 속에
지난날을 잡았다놓기를 소주 몇 잔
늘 제자리에 숨겨둔 걸 잊어버리고
엄한 곳 찾아다니는 버릇
엽서 한 장 날려 보낼까 다시
돌아갈 수 없다는 걸 뻔히 알면서
통통 부어오른 다리
하루를 따르고 마시며
내가 조금만 헐거워지기를
네가 조금조금 다가오기를
끝까지 가보고 싶다

침묵

새벽 세 시
갱년기 여자 넷이
호텔 방 벽시계 아래
하나 둘 일어난다
베란다 문은 열지도 못하고
유리창에 얼굴을 대면
파도에 밀려가는 불빛들
어딘들 제 속과 다를까
실망한 표정으로
어둠이 지나가기를, 아침이 오기를

그날은

　연일 눈이 내렸네 백발의 머리 위에 또 백발의 눈이 내렸네 스쿠터를 타고 파란 점퍼를 입은 아버지 오셨네 불룩한 호주머니에서 꺼내준 미풍 한 주먹과 호박엿 그리고 달달한 미소 한 봉지 한사람 앞에서 한사람이 바라보는 시선은 무게가 없었네 그저 빛으로 한 가닥 날아가는 먼지 같아 잡을 수가 없었네 냄새 찾아 나섰다가 원 플러스 원 하는 호박엿 두 봉지 사들고 공허한 마음 달래며 찾아 나선 아버지의 냄새

행복한 고물상

그는 없고
새파란 일 톤 용달만 서 있다
녹이 슨 온기들이 뒤척이다
새벽바람에 선들선들 날아간다
그는 늘 거울 속 아내보다 먼저 일어나
입을 한껏 벌리고 살짝 곁눈질하며
새까만 눈썹과 찢어진 눈 사이로
착한 미소를 달고 나간다

커피 마시는 소녀

착한 눈 크게 치켜뜨고

하얀 이를 드러내며 환하게

커피 잔을 들고 있는 친구

단체 여행에서 찍은 사진 한 장

문자로 받아 돋보기 쓰고 자세히 들여다보니

피죽도 못 먹은 소말리아 소녀

인생 뭐 있나 대충 살면 되지

국밥 한 그릇 나눠 먹고 아픈 거 호호 불며

살살 살면 그만이지 뭐 건강이 최고야

팔월 첫날

심부름 다녀오는 길
혼자 오래 산길 걷다 보면
멀리서 마중 나오는 엄마가 있다
온몸으로 춤추듯 흔들거리며
빼곡하게 물 오른 산
높이 올라 불러본다
엄. 마.
메아리로 받은 내가
엄마 되어 바라보는 풍경

바람직한 생활

문자를 보낸다
열 한 시가 훨씬 지나 곧 자정
띵 띵
내일 산책은 쉽니다
지금은 혼술 중입니다

어쩌다

밥 한 번 먹자고 나왔는데
앞에 앉은 사람은 쩝쩝대며
국밥 그릇 보이지 않을 정도로
처박고 그릇까지 먹을 기세고
옆 사람은 계속 귀를 만지며
윙윙 벌 소리가 난다고
숟가락만 들었다 놨다
지켜보고 있는 또 한 사람은
못 먹는 국밥 뚫어져라 바라만 보고
비슷한 사람끼리인 듯 아닌 듯
괜찮은게 괜찮지 않은 점심
삼십분 만에 끝난 불편한 식사자리

그러고 보니

잔소리만 하나 둘 늘어 가고
한 장씩 뜯어놓은 달력 보며
닿을 듯 말 듯 한 봄 헤매다가
날짜 넘겨보는데
빨갛게 그려진 동그라미
기억 없는 습관 때문에
누군가는 외로운 하루였을
다행히 다음날 생각나는
한참 지나간 친구 생일

하지

꽃들이 피고 지는 동안
푸른 하늘에 걸린 살 오른 햇살
피서지가 되어버린 처마 밑
새끼 고양이들 사랑스러워
오래 오래 쓰다듬어 주고 싶어
자꾸 눈이 가는 하루

반가움

밤새 들썩이던 바람 소리에
설친 잠에서 깨어보니
선명하게 들리는 까치소리
자꾸 부르는 것 같아
며칠 만에 창문 열었더니
갓 가을을 넘긴 십이월 첫째 날
덜깬 눈을 비비면서 바라본
생명의 신비함
선인장 꽃 피었다

서랍 속

물고기처럼 별을 보겠지
달빛 환한 강가에 풀어 준
열대어가 살았던 빈 어항
녹조류는 어둠 속에 갇힌 채
세상살이 그만 둔지 오래
팔딱거리며 튀어 올라 반짝하고
빛나던 열대어
오늘따라 수많은 별을 보며
엉겁결에 열대어를 좇아

2부

삶

때가 되면 멀리 날아가는 수많은 새들처럼
그림 같은 풍경들을 등지고 떠나는
짧은 순간

첫눈이 오면

꼭 보자 약속하고
그 시간 그 장소에서
찻잔에 설탕 대신
첫눈 휘저어 주고
반짝이는 눈송이 흔들
기다림은 괜찮아 또 흔들
홀로 첫눈 맞아 본다
여기만 첫눈 왔어요

목소리

오늘 내일이면 다 떨어지겠지
아침저녁으로 불어오는 서릿바람
낮에는 잠깐 미풍 불어오고
냉장고 안 황도 한 캔
갑자기 스치는 아버지의 복숭아
복숭아 훔쳐 먹다
주둥이가 당나발이 되고
아버지는 미안해서 둥실둥실
매일 어부바를 해주셨는데
나중에 알았다
복숭아 알레르기가 있었다는 걸

비

뭐지
귀가 먹은 건가
어제보다 스산한 날씨
걷고 싶지 않다
오고 가는 사람도 없고
흙냄새 나는 구불구불한 길
분명 소리는 있었건만
오다만 저 비는 누구 비

봄

암자 속 부처는 시험에 들게 하고
딱따구리는 딱딱 암호를 보내
목탁 소리에 풍경도 흔들리고
점점 얇아지는 귀는 간사해져
살아 있는 생명체 간신히
인내심으로 퉁 친 사이
딱 그 사이에 핀
이월 중순의 산수유 꽃

소나기

바람이 분다
드라마처럼 우산 속 훤칠한 남자와
나란히 빗속을 걷고 싶어
저녁을 먹다가 무작정 달려
맨발이면 어때 소낙비인데
변명 같지만
다들 교양 있는 척 살아

갱년기

바쁘다는 핑계로
번개처럼 만나고 헤어지고
오십 견을 달고 이팔청춘을
등에 업고 연애사를 갈구하는
바람 안 난 여자들
번갈아 오는 절규 탓에
계절이 가는지 오는지
밤이 길다

밑줄 그은

한참을 걸어서일까
개운해지고 싶어져
시린 주먹으로 똑똑
무거운 몇 초
까치집 얹은 총각
문을 벌컥 열더니
불쾌한 말투
목욕 안 합니다
창문에 써놓은
받침 빠진 안내문
오늘은 모욕 안 합니다
춥다

반듯한 저녁

할머니께서 차려 주던
부뚜막 밥상
손바닥 만한 섞박지 김치
흰쌀보다 많은 보리쌀 밥
많이 먹어라
밥과 국 뿐
날숨 한 번 쉴 때마다
비워져 갔던 날들

복숭아

유기농으로 잘 키워보겠노라
큰소리가 거름되어 해마다
복사꽃사진 촬영은 공짜라며
퇴비 아닌 잔소리로 뿌려대던 여름
에어컨 없으면 못 살 정도로 절절 끓던
한여름 한증막에서 겨우 건 진
유기농 남편

봄길

조금 이른 봄
조팝나무 꽃이 지천이다
메아리 소스라치며
속엣것들이 환해질 때
입가에 설레는 봄길
발아래 쌓인 꽃잎들

열아홉 그 맘이 또 올까

대화

길가에 서있는 두 남자
출근 할 때 달보고
퇴근 할 때 달보고
휴우
해는 언제 보나?
낮에
길바닥에 늘어진 고단함
끌고 가는 두 남자
마음 같아 선
해도 달도 따 주었으면

손 편지 1

눈높이에 맞춰 꾹 붙여 놓은 손 편지
그 아래 덩어리 형체는 매일이고
영역 표시는 가을볕에 말라 쌓이는데
약 오른 노부부 홧김에 덧붙인 말
잡히기만 해봐라 보신탕이다
며칠 째 그대로다

손 편지 2

　개똥 주인을 찾습니다. 개를 키우는 것은 자유이나 공동 생활 공간에 싸놓은 똥은 치워야지요. 강아지가 집에 싼 똥은 안 치우나요? 아직도 이런 몰상식한 사람이 있다는 게 믿어지지 않고 꼭 얼굴 보고 싶습니다. 즉시 '똥'치워 주시고 이런 일이 재발하면 아파트 차원에서 공동 대응하여 반드시 찾아내겠습니다. 주민 여러분도 함께 문제 해결에 동참하여 주시기 바랍니다. 또 그대로인 개똥

당신이 뭘 알아

겨울엔 쌍화탕이지
뜨끈하게 한방으로 마시면
감기 몸살도 한방에 싸악
광고지 벗겨진 병나발 불고
맥없이 녹아드는 온 몸에
앙증맞은 얼굴에 봄 피어나
병원 의자 나란히 앉은
백발의 노인들 뒤로
만병통치
박카스 한 병. 더

부부

나란히 앉아
온기를 나눠가면서
소소한 밥상 차려
김장김치 총각김치
흰밥에 무국 끓여
숟가락 들고
첫눈 오기를
살면서 한 끼 정도
기웃거리는 우편함처럼
그냥 웃어봐
같은 곳을 바라보며
나란히 앉아 하얀
쌀밥 두 그릇 놓고

사이판에서

걸려 있는 저녁 해를 보며
다가오는 파도를 밀어내며
들고 간 책 뒤적거리다
맥주 한 모금 마시고 누웠는데
갑자기 먼 바다 건너 강릉 경포대로
순간 이동 한 듯
해변에 있는 분들은 파도가 위험하오니
속히 나와 주시기 바랍니다
한국말로 경고하는 안내 방송

십일월에는

뿌리가 굵고 향이 진해서
문 걸고 먹는다는 가을 냉이 국
해 뜨면 나와 앉아 해 지면 들어가
얼굴을 땅에 묻고 호미질 하다가
파란하늘 올려다보면서
부족하면 부족한데로 살아
약속이란 없는 거
입맛에 맞으면 그뿐
십일월 마지막 날
문 닫아 걸고 가는 가을을 끓인다

결정 장애

버렸으면 하는 것들이
언젠가 필요하겠지 싶어
다시 주워 담으면
짐이 되어
도깨비 질을 하고
한해가 가고 두해가 지나
꼬여진 돼지꼬리처럼
한 번 더 다짐을 하는데
쓴 웃음 뒤로 버린 날들이
점점 모아지고 있다

농담이겠지

    키 작은 나는 남에게 안 보일 때가 많아 찾는 이가 숨바꼭질 하듯 헤맬 때가 있어 어느 날에는 차가 빼곡하게 정차되어 있는 도로에서 동네 언니를 한참 기다렸는데 못 본건지 안 본건지 그냥 지나치고 한참동안 빙빙 돌다 만난 언니는 하하 웃으면서 말한다 다음부턴 자동차 지붕위로 올라가 있어 잘 보이게

추억

만사가 귀찮고 아플 때
노을 빵 하나랑 따끈한
삼각비닐 우유가 먹고 싶어서
떼쓰던 어린 시절
얼어붙은 두 손에
쥐어 준 간식
그때는 몰랐다
엄마가 할머니가 될 줄
내가 엄마가 될 줄
할머니가 된 엄마는
엄마 얼굴보다 큰 소보로
빵을 소복하게 쌓아 놓고
폭풍 흡입하는데
빛바랜 사진 속 젊은 엄마는
염치없게도 노을처럼 웃는다

마음 가는 데로

맑게 갠 날 여행을 떠나
그곳이 어디든 잠시 앉을 수 있으면
친구와 일 년 치 수다를 떠들고
일주일에 딱 한 번은 외식을 하고
허리가 아플 정도로 늦잠을 잘 것이야
뒷배 없이도 헐거워지는 숫자 오십
고무줄 바지는 기본
눈치 없이 허리만 굵어져

아침

별 하나 별 둘 별 셋

별을 백까지 세어도

별처럼 빛나는 눈빛

이웃 집 별들은 잠들었는데

머리맡에 별들은 수북해

뜸 들이는 동안

삶이 끓어 넘치고

오만가지의 재료들이

조미료가 되어

밤새 뒤척이는 몸

해를 기다리며

쉬는 날

햇살이 살짝 기운 날
집에서 멀지 않은 텃밭을 서성거린다
매 만큼 크게 자란 닭들 근처에는 얼씬 못하고
푸성귀만 보다가 애벌레에 소스라쳐
헛디딘 발목 부여잡고 꼴값 한다
나잇값도 못하고 소녀인 줄 착각한 몸
주위 둘러보는데 혼자 붉어지는 부끄러움
붉은 메밀꽃이 피었습니다

수고 했어

아이가 웃어서 나도 웃었다
넘어져 울길래 나도 울었다
웃다 울다 아이는 참는 걸
배워가는 청년이 되고
초보 어른이 되어
첫 월급 타서 내복 두 벌
내 놓았습니다

삼월 일일

비 올 듯 눈 올 듯
반나절이 지나면서 살살
다가오는 등 뒤의 햇살 쫓아
마지막 겨울 앞에서
꽃무늬 원피스로 장식하는데
초봄 앞 얄밉게 내리는 눈송이

3부
～

아이처럼

아들 점퍼 사겠다고 품속에서
돌돌 말린 여러 개의 검은 봉지
한참을 풀던 할머니
쌈지 돈 위에 마실 나온 냉이 한 뿌리
강냉이 입 벌리고 웃는 할머니 따라
나도 덩달아 웃는데
모자라는 돈 버스비로 달라며
달게 떼쓰는 할머니
할 수 없이
아침 마수로 봄을 받았다

여름일기1

눈을 뜨자마자 외상 장부를 들고 병선이네
가게 앞 평상에 앉아 기다리는 동네 아주머니들
외상 장부에 푸성귀며 과일이며 생선
장부책에 기록 된 사람들과 눈이 마주치면
괜히 달아나고 싶은 두 다리
빨간 탬버린 외상하고 오던 날에는
같은 반 은영이 엄마 딸이고 싶었던 그때
외상으로 사온 고등어구이는
또 그렇게 맛있던 그 시간들

여름일기2

코끝에 매달린 흙냄새가 연못을 돌고 있다
한여름에 팔딱 거리는 잉어 대여섯 마리들이
하늘 위로 날아올라 어림없는 날개 짓으로
자유를 파닥거리고 무성해진 물풀 사이로
물길에 펼쳐진 구름 위에선 잉어 떼들이
헤엄치고 나도 헤엄치고

이유

재미로 시작한 달걀 팔기
통장 재미 좀 보자고
서른 마리 닭들에게 부탁하면서
푸른 초원에 풀어 씨암탉에겐
몰래 가짜 알로 채워 주고
기대에 부풀었건만 웬일인지
시간이 지날수록 같이 사는
염소부부가 통통하게 살이 올랐다

어제는

택배로 받은 알밤을 들여다보다가
귀뚜라미 우는 소리에 여름 밀어 넣고
햇빛 잘 드는 곳에 검붉은 밤 널어놓고
선량한 마음 풀어서 색칠하다 떨어지는
나뭇잎 하나에 밤 한 알 두 알 오도독
달력 한 장 넘기면서 이 세상 저세상
골라서 밀봉하는데 목이 마르다
쓸데없이 지나가는 가을

숲길

하늘 바람 나무 햇빛이 맑은 날
휘파람 새소리에 봄은 살랑거리고
숲길에서 만난 보랏빛 노루귀들은
지그시 카메라 쪽으로 소식 전하는데
물소리 졸졸 따라와 하얗게 번지는 안개

쪽마루 그늘

아침부터 분주한 아버지
쪽마루 그늘에 앉아 잠시 숨을 돌린다
들기름 넣은 기름병 세 병
잘 말린 호박고지 세 봉지
고구마 감자도 세 상자씩
참나무 세 묶음
흐뭇한 웃음으로 오래 바라봤다는 걸
고개 숙이던 날 고개 숙이면서
고이 보내면서

며칠째 비

며칠째 내리는 비
팔월 말일에 듣는 빗소리
받아 줄 사람 없고 혼자인데
종일 기분이 이랬다저랬다
출근하기 싫은 날이다
화려한 나무들에게
내가 걸어가 덕담 한 마디
마법 같은 날들이 올 거야
시골에서 사는 것도 나쁘지 않아
머리 모양을 바꿔보자

나는 여전히

여름만 되면 혼자 떠나고 싶어져
굳이 멀리는 못가더라도
가까운 구인사나 법흥사에 올라
걸어 온 산길 한참 내려다보곤 하는데
내가 올라 온 발자국은 보이지 않고
아침 해 따라 날아 온 나비 한 마리
법당 안으로 날아들고 스님 목탁 소리에
무릎 꿇고 삼배 올려본다

생일날

이월 초하루 엄마의 생일날
모처럼 가족 여행을 떠나자고
다들 모였는데 한통의 전화로
여행은 물거품이 되고
상복 차림으로 외할머니 뵈러가는
지지리 복도 없는 엄마가
안쓰러워 여윈 손 잠시
만져보는데 늙은 엄마 눈가에
빠르게 스치는 아흔 다섯 개의
꽃잎들 멀리 멀리 날아가

가을밤

베란다 된장항아리 옆 커피나무
몇 년 째 잎만 무성해서 본척만척
된장만 푸러 들락거렸는데
어느새 밥풀만한 눈꽃들 가득 피었다
고개 숙여 그대로 바라보는데
언제부터 같이 살았을까
꽃향기에 자지러진 민달팽이 한 마리
허물없이 깊은 잠에 빠져서
남몰래 가을 꿈꾼다

단비엄마

베트남에서 정선 고성으로
시집온 지 올해로 칠년 째인
어쩌다 보는 사촌 올케
식구들 많은 틈에서 자연스레 가족이 되어
토종닭 몇 마리쯤은 거뜬히 잡아
손님 대접하고 돌아가는 길엔
정까지 담아 주는 단비엄마
성도 이름도 나이도 몰라 미안한
단비엄마
고사리 가져가라는 소리에
잠시 들렀더니 고사리는 없고
고로쇠를 한 통 담아준다
고로쇠가 달다

팔월 추위

그해 여름은 여느 때보다 더웠다 급속도로 숲이 우거지고 뜨거운 바람이 내려와 밤새 뒤척이며 잠을 설친 적이 여러 번 되풀이 되면서 십년은 늙어 버린 새벽 빛 앞에 앞 집 강아지는 매일 밤 곡소리를 내며 아침을 기다리는데 보청기 뺀 청소부 할아버지 팔월 추위에 움츠리고 앉아 주인을 기다린다

발리에서 생긴 일

겨울 날 여행지에서 만난 또 다른 인연
밥 이라는 이름을 가진 가이드를 따라
절벽 사원 입구에 도착해
야생 원숭이들이 많으니 조심하라는 찰나
비명소리 웃음소리 마구 섞여
달아나는 관광객들 신난 야생 원숭이들과
절벽 사원에서 인도양 절경을 바라보는데
나를 바라보는 원숭이 한 마리
약간의 흔들린 눈빛을 읽었는지
조금씩 다가오는 것 같더니
발등을 물고서 떨어지질 않아
일주일 내내 원숭이의 흔적을 안은 채
호텔 방에서 집을 그리워했다

낮잠

아들 집으로 명절 보내러 간 엄마
시골집 걱정에 배앓이 하고
새벽부터 전화해서

마당에 메주 내놓고 배추 화분에 물주고
뒤 안 창고에 백김치 꺼내야 한다고
했던 말 또 하고

주인 없는 집 툇마루에 앉아
개울 물소리에 깜박 조는데
엄마는 또 전화 해
배추 화분에 물을 주고
배추꽃 씨 받아서 모종하고
싹 나면 겉절이 해먹고
배추꽃 씨 받아서 모종하고
했던 말 또 하고

감기

목덜미가 싸늘해지더니 올 것이 왔다
눈꺼풀이 무거워지면서 수면 위로
둥둥 떠오르는 몸
몇 시간째 죽은 듯이 고꾸라져
겨우 뜬 눈으로 본 창가의 달빛
약에 취해 몇 자 써 보는데
시계는 새벽 다섯 시

거기 별 일 없지요?
나도 별 일 없어요

고마운 날

이웃집 놀러 갔다가
두 손 공손하게 받아 온 선인장
눈만 마주치면 물 퍼주는 버릇에
많은 화초들이 죽어 나갔는데
덜컥 겁은 났지만
꽃이 피면 환장한다는 말에
우리 집에서 살게 된 선인장
물 많이 주지 말라는 신신 당부에
눈에서 먼 곳에 둔지 한참
빈 상자 가지러 창고 들어서다가 본
은은하게 핀 연분홍 선인장 꽃
비스듬히 기댄 채 눈을 달래본다

천생연분

봄바람에 나비가 날아왔다
꽃을 좇는 나비는 바쁘다
햇살은 조심스레
바라만 보고

가끔
나비는
꽃술에 숨어 잠든다

시로 들어간 소녀

전윤호 (시인)

~

  강원도 산골에서 자란 소녀는 외로웠다. 자세한 내막은 알 수 없으나 어린 시절 아빠와 엄마에 대한 이야기가 얼마 안 되는 것으로 보아 부모님은 생활에 바쁘고 할머니가 주는 넉넉지 않은 밥을 먹고 혼자 노는 일이 많았다. 소녀는 아마 커서 살아갈 날들을 기대했을 것이다. 많은 사람들이 모여 사는 대처에서 좋은 사람들을 만나 어른이 되어 가는 것. 동시대에 비슷한 산골에서 살아본 사람이라면 고개를 끄덕일 만한 그런 희망이 있었을 것이다.

  소녀는 고향에서 그다지 멀지도 않은 영월에 살게 되었다. 물론 살던 곳보다는 번화했지만 그렇다고 동화책에서 봤던

화려한 도시는 아니었다. 그리고 백마 탄 왕자님과는 약간 다른, 술 좋아하고 하지만 일에는 성실한 나이 많은 남자를 만났다. 아들, 딸 낳고 키우면서 남편은 나가서 일을 하고 아내도 가게를 하며 부지런히 살았다. 원래부터 가진 게 많지 않은 사람들이라면 자식들 웬만큼 가르치려면 맞벌이는 기본인 것이다.

〜

　그렇게 정신없이 달이 가고 해가 가고 어느 순간 자식들도 다 커서 엄마 품을 찾지 않을 때가 되자 소녀는 깨달았다. 나이가 먹었다는 걸. 사람들은 이제 더 이상 그녀를 소녀로 보지 않는다는 걸. 그녀는 언제부터 그늘에 깃들었던 것일까.

영월 관풍헌 은행나무
꽃피는 걸 보지 못한 은행나무
담장 안의 은행나무
언제나 흐느끼는 은행나무
가을이면 금빛 이불 깔고
어린 왕이 누워 있는
저 환한 그늘
나도 한숨 자고 깨면
더러는 다 낯선 처음이었으면

목청 좋은 까마귀 울고
은행나무를 바라보는 은행나무   -「그늘」전문

　때로 인생의 책 한권 내고 싶어 하는 사람들의 원고를 읽
어보면 대충 공식이 있다. '나는 어려운 세월을 견디며 이겨
오늘에 이르렀다. 아이들은 훌륭하게 커서 성공하고 남편은
모두의 존경을 받는 인사가 되었다. 젊은 날은 고달팠으나
지금 나는 행복하다.'

　마치 미인 대회에 비키니를 입고 선 인형 같은 아가씨의
소원이 세계 평화인 것처럼 몸에 힘이 잔뜩 들어간 그들의
문장은 언제나 읽는 사람을 실소케 하는 것이다.

　그런데 이영옥의 시는 그런 문법들과는 좀 다르게 서 있
다. 일단 그녀의 시는 짧고 간결하다. 쓸 데 없는 감정의 낭
비를 막을 줄 안다는 것이다. 위의 시에서도 그녀는 말한다
자신이 은행나무를 바라보는 은행나무라고. 사실 이 정도의
싯귀는 고도의 훈련과 계산이 없으면 나오기 힘들다. 아마추
어의 발상이 아닌 것이다.

암자 속 부처는 시험에 들게 하고
딱따구리는 딱딱 암호를 보내
목탁 소리에 풍경 소리 흔들리고

점점 얇아지는 귀는 간사해져

살아 있는 생명체 간신히

인내심으로 퉁 친 사이

딱 그 사이에 핀

이월 중순의 산수유 꽃   —「봄」전문

여덟 줄로 이루어진 이 시도 읽으면 읽을수록 다시 앞으로 돌아가야 할 것 같은 유혹을 느끼게 한다. 그리고 '인내심으로 퉁 친 사이'는 또 얼마나 쫄깃하고 신선한 표현인지. 소녀는 자신이 나이를 먹었다는 걸 깨달은 순간 시 속으로 들어간 듯하다. 다른 사람들이 으레 가는 두꺼운 화장과 명품이 주는 위로를 멀리한 채 자기 속으로 돌아가 시를 찾은 것이다. 그녀의 시는 함부로 대할 수 없는 간결함과 맑은 기운이 있다.

뿌리가 굵고 향이 진해서

문 걸고 먹는다는 가을 냉이 국

해 뜨면 나와 앉아 해 지면 들어가

얼굴을 땅에 묻고 호미질 하다가

파란하늘 올려다보면서

부족하면 부족한데로 살아

약속이란 없는 거

입맛에 맞으면 그뿐

십일월 마지막 날
문 닫아 걸고 가는 가을을 끓인다   ―「십일월에는」전문

'문 닫아 걸고 가을을' 끓이는 그녀의 경지는 어디에서부
터 시작되었을까. 시집을 읽다보면 그 답이 있기도 하다. 언
젠가부터 그녀는 자신이 엄마가 되어 있다는 것을 알게 된
다. 소녀는 엄마를 기다리며 살았는데 어느 새 자신이 엄마
가 되어 있는 것이다. 수천 권의 두꺼운 책보다 이런 깨달음
하나가 삶의 깊이를 더해 주는 법이다. 내가 곧 엄마이고 우
주가 곧 나라는 일체감이 그녀에게 인생의 비의를 가르쳐 주
었다.

심부름 다녀오는 길
혼자 오래 산길 걷다 보면
멀리서 마중 나오는 엄마가 있다
온몸으로 춤추듯 흔들거리며
빼곡하게 물 오른 산
높이 올라 불러본다
엄. 마.
메아리로 받은 내가
엄마 되어 바라보는 풍경   ―「팔월 첫날」전문

단 한 줄로 그녀는 소녀가 엄마로 변하는 모습을 보여준

다. 그 한 줄에 얼마나 많은 이야기가 숨어 있을 줄 다른 사람은 짐작하지도 못한다. 그것은 한 사람의 생애가 고스란히 녹아 있기 때문이다. 그녀의 부모도, 남편도, 아이들도 알 수 없는 엄마라는 우주는 자신이 자신을 떠나는 결심을 하고서야 얻어지게 되었다.

대신 엄마가 되고
아이들이 떠나고
남편이 아직 돌아오지 않은 저녁
아직도 누군가 등 떠미는 것 같아
주섬주섬 짐을 싼다   ─「끝나지 않은 일정」부분

　자신의 일정이 아직 끝나지 않았다는 것을 확인한 사람은 주저앉지 않는다. 도대체 누가 그녀의 등을 떠민 것일까. 그것은 그녀 자신의 속에 사는 소녀이다. 아니 그녀는 아직도 온전하게 소녀이다. 그러니까 지금 자신이 처한 상황이 비록 녹록치 않다 하더라도 주섬주섬 짐을 싸는 용기를 보여주는 것이다.

～
　그녀의 시가 좋은 또 하나의 이유는 시 곳곳에 녹아 있는 유머 때문이다. 보통 회고조의 시들은 언제나 슬픈 정조로

칠해지기 마련인데 그녀는 그런 상황들을 유머로 절묘하게 비껴가고 있다. 시를 쓸 때 최상의 기교는 무기교의 기교이고 그 시의 품격을 가를 때에는 유머가 있는지 없는지를 보는 법이다. 슬프다고 울고 화난다고 소리 지르는 것은 생목으로 노래하는 것처럼 듣는 사람에게 감동을 주지 못한다.

부처님이 내준 설탕 같은 절밥
파리의 탱탱한 엉덩이가 볼만하다(「또 봄날이다」)

내일 산책은 쉽니다
지금은 혼술 중입니다 (「바람직한 생활」)

오늘은 모욕 안 합니다
춥다 (「밑줄 그은」)

약 오른 노부부 홧김에 덧붙인 말
잡히기만 해 봐라 보신탕이다 (「손 편지 1」)

　이런 해학이 도처에 버티고 있어 시가 감상의 구렁텅이로 빠지는 것을 막고 있다. 이것은 짧게 쓸 줄 아는 능력과 함께 그녀가 범상치 않은 문학적 재능을 가지고 있다는 사실을 보여준다.

～

　한때, 영월에 문학 모임이 있어 지인의 부탁으로 강연을 갔다가 시를 가르쳐 본 경험이 있다. 비록 짧은 시간이었지만 여러 사람들을 만났는데 이영옥은 그중 가장 키도 작고 어린 모습을 하고 있어서 그녀가 아이가 둘인 엄마라는 사실도 나중에야 알았다. 처음 그녀의 시는 조금 서툴렀지만 시간이 갈수록 변모하면서 가장 빠른 시적 성취를 보여주는 이가 되었다. 그렇게 되기까지 얼마나 많은 노력과 수련이 있었는지는 안 봐도 짐작할 수 있다. 이제 그녀가 시집을 낸다고 원고를 보내왔을 때, 한편으로는 걱정이 되었던 것도 사실이다. 종이에 인쇄 될 만한 가치가 없는 시집도 많은 세상이기 때문이다. 하지만 그녀의 시는 그런 나의 걱정을 비웃기라도 하듯 좋았다. 그녀의 간결한 생각과 표현은 나도 배워보고 싶다.

～

　나는 그녀가 스스로 시로 들어가 앉음으로 해서 세월의 무게를 벗어던지고 소녀로 살고 있다고 생각한다. 부디 그 상황이 변하지 않기를 바래본다. 인생이라는 게 아무리 여러 일을 겪어본들 뭐 별게 있겠는가. 어린 시절 느꼈던 평화가 고스란히 지켜지고 있다면 그걸로 족한 것이다. 나는 그녀가 봄꿈에서 깨지 않기를 기원한다.

오래된 기와지붕에 봄이 찾아와
고목나무에 꽃들이 만개하고
마당가득 꽃잎이 쌓이고
아버지 무릎이 너무나 편안해
계집아이는 꿈을 꾸는 중입니다

바람이 부는 쪽

2019년 4월 15일 초판1쇄 인쇄
2019년 4월 22일 초판1쇄 발행

———

지은이   이영옥
펴낸이   강송숙
디자인   더블유(한정화), 나니
인 쇄   더블유
펴낸곳   오비올프레스

———

ISBN 979-11-89479-04-6

———

출판등록   2016년 9월 29일 제419-2016-000023호
주   소   (26478) 강원도 원주시 무실새골길52
전자우편   oballpress@gmail.com

이 도서의 국립중앙도서관 출판예정도서목록(CIP)은 서지정보유통지원시스템 홈페이지(http://seoji.nl.go.kr)와 국가자료공동목록시스템(http://www.nl.go.kr/kolisnet)에서 이용하실 수 있습니다. (CIP제어번호 : CIP2019010933)